KB060161

청어詩人選 319

# 주연보다
# 빛나는 조연

강대영 시집

청어

# 주연보다
# 빛나는 조연

강대영 시집

## 시인의 말


나도
누군가의 그리움이 되고 싶다

내가 쓴
시들이
누군가의 가슴을 열고
보기 좋은 색으로
물들었으면 좋겠다.

겨울 앞에 서보니
어느덧 가버린 세월이
야속하지만
나의 펜은 아직
녹슬지 않았다.

내 작은 소망은
내가 쓴 시가

많은 사람들의 사랑을 받는 것
오로지, 그것뿐이다.

저자 강대영

# 주연보다 빛나는 조연

# 2부

# 3부

# 4부

# 5부

# 1부

눈을 감으면 불어오는 바닷바람 소리
어디선가 들려오는 철썩이는 파도 소리
나의 어린 시절 꿈이 영근 고향 땅

이제는 아득한 주마등
푸른 추억 속에 맴도네

# 섬, 고금도

바다 위 섬 하나
나의 꿈이 자란 곳
올망졸망 사연 쌓아
살아가는 고금도

은빛 바다 출렁이는 파도 소리
추억 속에 잠들고

모래밭에 쌓고 허문 동심의 꿈과
지금도 지워지지 않는 그 시절 발자취

눈을 감으면 불어오는 바닷바람 소리
어디선가 들려오는 철썩이는 파도 소리
나의 어린 시절 꿈이 영근 고향 땅

이제는 아득한 주마등
푸른 추억 속에 맴도네

# 그리운 고향

나 철없이 뛰어놀던 고향에 살고 싶네
앞산 뒷산을 오르락 거리며
첨벙대며 내달렸던 모래밭을
지금은 어느 누가 나의 그 시절을
되살리고 있을까

지금도 고향땅 하늘에는
해와 달과 별들이 뜨고 지겠지
고향에 가고 싶다
콘크리트 삶 속에 내 동심이 묻혔구나
해마다 봄꽃 피어나면 희망이었고
아쉬움과 기다림의 시간이었지
나 철없이 뛰놀던 고향
오늘도 마음 타고 달려가네

# 내 고향 고금도

볏짚으로 엮어진
도란도란 버섯 집들

봉암산 봉우리는
우리들의 희망봉

마을 앞 바다는
꿈을 키워준 원천

작은 섬이지만
언제나 희망을
실어 나르고
큰 포부를 펼칠 수 있게
야망을 키워주었네

해 달 별 바람 물
작은 풀벌레까지
함께 노는
동심의 놀이터

눈 내리는 겨울은
한 폭의 그림이 된 고향 풍경

조용히 눈 감으면
어린 시절로 돌아가고

그 포근한 고향땅에서
나는 오늘도 뛰어 논다네

# 어머니

어떤 책보다
어떤 품격의 선생님보다
어머님의 가르침은
참 스승입니다

자식들 위해 부대낀
세월에 찌든 삶

생선 한 토막도 아껴
자식의 살이 되게 하신 어머니
자식 향한 어머님의 눈빛은
부처님의 선한 눈빛보다
더 선한 자비의 삶

오늘 그 가르침이
가슴을 울립니다

자식들을 위해
서러운 울음 가슴에 몰래 담으신

어머니의 깊은 사랑
그 사랑 이제야
나이 들어 알았습니다

어머니는 사랑입니다

# 어머니가 계신 곳

비오는 날이면
비에 젖은 내 마음이
슬퍼집니다

오랜 세월 당신이 주신
온화한 미소가 새삼
그립습니다

가버린 세월
허름한 내 일기장에
점점이 박힌 외로움의 흔적

오늘도 하루는 가버렸습니다

함께했던
시간 속으로 아득히 먼 고향 길
어둠 속을 헤치며 걷고 있습니다

# 가족

한 여름 집안이 왁자지껄하네
딸 사위 찾아오고 떠돌이 할미도
외로움에 힘겨웠던 외톨이 할배도
철새가족 모이니 온 집안 생기가 도네
어쩔 수 없는 회귀본능에 길 떠난 이방인들이
포근한 둥지에 모두 다 모였네
다 같이 모이니 가족이 되네

# 코스모스

어릴 적
학교 가는 길 옆
코스모스

구불구불 길 따라오며
살랑 살랑 춤췄었지

해맑았던 그 시절
추억도 솔솔 따라오네

달빛 환한
동구 밖 코스모스 길

지금도 가을이 오면
고향의 코스모스 나를 기다릴까

# 꿈속의 고향

바람이 불고
파도가 치고
모래가 잠자는
내 고향 노루목

물새와 산새는
바다와 육지의
경계를 넘나들고

해변에 은빛 햇살 눈부시면
이리저리 신난
방개들의 소꿉놀이

한 점 구름과
골목을 흐르는 바람결

풀과 나무 햇살 모두
우리들의 놀이터

눈감으면 지금도
달려가는 내 고향 고금도

# 서산마루

하루하루
세상을 살아보니
비켜서 갈 일도 있다

하루하루
하지 못한 일로
서글퍼 하는 인생사

빛이 달리는 소리
초침이 달리는 길
잠시는 인생의 순간을 핥는다

하루하루
간절함으로
세월을 긁어대지만
지친 발자국만 멍든다

흠뻑 젖을 일도 많은
삶의 길
세월의 긴 동굴에
인생이 외롭다

도시 빌딩 숲에 끼어
꺼이꺼이 헐떡거린
이 짧은 한 세상
별과 바람과 비가 가는 길을
인생도 그렇게
한 걸음 한 걸음 내딛고 있다

# 나의 별

밤하늘엔 별이 있고
그 별은 나의 그리움입니다
어릴 적 떠 있던
그 별도 나의 친구였고
어른이 된 지금도
그 별은 변함없는 희망입니다
슬플 때나 기쁠 때나
나를 반겨준 별
도시의 밤하늘에서는
나를 위로해줄 별을 자주 볼 수 없습니다
오늘밤도
맑은 동심으로
해맑은 미소도 그 별을
기다려 보렵니다

내 별은 항상 그곳에 있습니다

# 그리움으로 맞는 봄

그리운 얼굴은
눈을 감아도 보이나니
나 외로워 지칠 때면
그대의 향기 타고
먼 그리움의 길 떠나노라

# 장미

붉은 만큼
성격도 정열적이다
가시로 무장했으니
함부로 다가설 수 없다
아름다움으로 다가오니
사랑받고 산다
너를 바라보니
얼굴은 달아오르고
가슴속에선
사랑이 녹아내린다
손대면 찔리기에
바라만 보는 붉은 사랑

# 친구

행복한 순간은
친구와 함께 있을 때
찾아왔다

가장 기쁜 순간은
친구가 즐거워할 때였고

가장 고마울 때는
친구가 나의 마음을
이해하고 보듬어 줄 때였고

사랑하는 시간은
친구와 한곳을 바라볼 때였다

현실이 미워질 땐
친구가 점점 변해갈 때였고

가장 슬플 때는
친구가 내 곁을 떠나가는
날이었다

# 아름다운 꽃

꽃이 아름다운 것은
자신만의 색깔을 내기 때문

흉내 내지 않고
피고 지는 때를 알기 때문

소리 없이 접는 꽃

해와 달을 지새우며
비와 바람을 견뎌내고

짧은 환희의 순간을
미련 없이 수놓고 가는 꽃

# 진달래꽃

진달래가 봄소식 알리며
산봉우리를 물들이네
이 세상 슬픔 다 태우려나
붉디붉게 화려하네
봄비에 다 젖어도
점점 진하게 활활 번져가네
이산 저산 꺼지지 않고
다 태우네

# 흙

봄 여름 갈 겨울
고향 땅에 잠자는 흙

어린 시절 뛰어 놀던 그리움의
부모님이 살아왔던
정든 땅의 향수

나도 언젠가는
고향의 품속에 안기리

# 봄의 향연

봄 햇살 가득하고
꽃들이 화사하다
이 꽃 저 꽃 조잘조잘
꽃들의 속삭임이 볼을 간질이니
새들도 기분 좋은 봄날
이리 날고 저리 날며
사랑의 숨바꼭질을 하면
푸릇푸릇 풀밭 위로
살랑살랑 봄바람이 춤을 춘다
새도 날고 꽃도 피고
한바탕 벌어진 행복한 봄 잔치

봄은
행복의 전도사

# 봄꽃

예쁜 생각
고운 향기
멋진 자태
너는 봄꽃
내 마음을 다 빼앗아가는
너는 봄꽃
너의 향기 바람 따라
여기저기 맴돌 때
나도 따라 이곳저곳
헤매고 있네
봄이 오면 피어나는
너는 봄꽃

# 2부

좋은 환경 속에서
좋은 사람들을 만나
더 좋은 세상을 위해

너와 내가
우리 모두 함께
드라마 속의 세상을
세상 속의 이야기로
만들어 갔다

# 직업

좋은 환경 속에서
좋은 사람들을 만나
더 좋은 세상을 위해

너와 내가
우리 모두 함께
드라마 속의 세상을
세상 속의 이야기로
만들어 갔다

함께하는 무대에서
직업에 충실했고
분장을 사랑했다

그 속에서
너와 나
우리는 함께 가야 하니까

우리는 분장사였다

# 나는

일을 사랑했었다
밤낮을 가리지 않았다
가족은 마음의 고향이었고
술잔에 시름을 달래고 피로를 풀었다

달과 별을 쳐다보며
빈 철학을 논하며
직업을 더 사랑한 세월

강산이 수없이 변했지만
나는 올곧게 외길을 걸었다
사람이 좋다
일이 좋다
지금도 그렇다

나와 직업은 분장사
나를 사랑해준 가족도 분장사다

# 천직

내 직업에 미쳐
한 세상 살아왔다

무대가 크든 작든
분장통 하나 들쳐 매고
굿판에서 웃고 울었다

산 넘고 강 건너
평생을 떠돈 인생

애꿎은 술 한 잔은
내 인생을 달래줬다

타인의 얼굴에 희비애환
분칠하고 외길을 걸어온

나는
분장사다

하늘 아래 당신을 그리는
천생 분장사다

# 전문가의 생(生)

끝없이 찾고 헤매었다
분장
45년
삶
그 틀 안에서
나에게 채찍질하며
마음 다 잡고 살았다
사람은 끼로 살고
존재로 버틴다 했던가
어제
오늘
내일도
별을 세고 달을 보며
나의 길
분장에서
세상을 볼 것이다
세상을 그릴 것이다

# 주연보다 빛나는 조연

잡풀들이 모여서
군락을 이루니
보란 듯
꽃밭이 되었구나

푸른 하늘에
뭉게뭉게 구름이 노닌다

이 세상 어딘가의
공간에서
각자의 이름으로
저마다의 개성으로
함께 더불어 살아간다는 것은
아름다운 세상

나는 세상의 삶속에서
주연보다 더
빛나는 조연으로
후회 없는 삶을
살고 싶구나

# 길

나의 아픔을
없애려 하지 말자
지우려 해도
지울 수도 없다

지난 삶을 지우려 말자
아픈 추억도
행복한 시절도
언제나 함께한 동행이었다
차라리
좋은 순간들은 기억하고
그리워하자

외롭고 고독하고
슬픔의 시간들도
모두가 다
나의 오랜 역사다

걷는 길 그 맨 끝에
서러워도 나를 사랑하는
내가 서 있다

나의 길이 저만치 있다

# 분장의 여정

분장은
미래를
상상하고
재현하고
끊임없이 탐구하는
시공간을 초월한
창조의 철학

내가 걷는
분장의 세계도
한계가 없는
마법의 세계

과거와 현재
미래를 넘나드는
여행을 한다

한 사람의 삶과 생을
반추하고
웃음과 눈물이 깃든
해학의 요람

인내의 땅 위에
자기계발의 빛을 보는
분장은 영원히 존재하는 것

# 가는 길

세상사 힘들고 괴로울 때
만나서 아름다운 사람들

아침마다 새로이
떠오르는 태양도
거짓의 하루의 시간을
태워야 내가 사는 걸

질긴 인연의 끈
그 흔적들은
드러나지 않는
한 조각의
기억이 되었다

사랑도 미움도
슬픈 추억 속에선
모두 가슴시린
그리움인데

한 잔 술로 목 축이니
부끄러운 미련들이
소매를 잡는다

이제 돌아가련다
시린 세월 가난한 눈물 샘
적시며 남긴
미움과 원망은
이제야 내게 걸어 들어온
철지난 그리움일 뿐

# 인생길 되돌아보니

얽히고설킨 세월
지나온 인생길이
잠깐이었네

나를 속이고
나를 감췄던 순간들

무심한 세월이
서글프게 울고 있네

세월도 길 떠나고
추억도 길 떠나고

너는 거기서
나는 여기서
한낱 방랑자였네

# 얼굴

얼굴은
화가의 캠퍼스
희로애락을 담는다

얼굴은 마술사
숨기고 펼치는 표현의 대가다

얼굴은
물감
기분 따라 번진다

얼굴은 심상
수만 가지 다 그려낸다

요술쟁이
얼굴

# 시를 쓰다

시를 쓴다
별도 조는
새벽녘
누군가에게
읽혀질지 모를
시를 쓴다

땅 끝 하늘 끝
미지의 섬에
내 마음의 시를
실어 보낸다

내가 쓴 시가 메아리로
돌아올 때쯤
나는 어디에 있을까

사는 날까지
마음의 펜은
멈추지 않겠지

꽃이 피고 지고
낙엽이 물들면
계절 또한 오고 간다

우리 인생
오고 가는 그 삶

시를
쓴다

# 초보 시인

손끝까지 타들어가는
꽁초를 부여잡고
가슴에 불을 당기고

술잔에 덩그러니
나를 담갔다

밤을 갉아먹은
혼돈의 시간 속에
조각조각 언어를
썼다 지우며
밤새워 씨름했다

언제나 미완성
가갸 거겨
지켜보는 세종대왕께서도
슬퍼하시겠네

# 낙서

있는 말 없는 말
다 꺼내 놓고
고르고 고르다 보니
쓸 만한 글 없어
눈꺼풀만 천근만근

글을 쓴다는 것은
나를 벗기는 일
누군가에게 나의
알몸을 보여주는 일
아직 준비도 없이
끄적이는 낙서에
습작하는 철없는 글쟁이

오늘의 낙서가
누군가의 마음을 적시길

# 찰나의 시간 속에서


오늘도 하루가
스쳐 지나가는
순간이었네

너는 나를 모르고
나도 너를 모르니
모두 다 그냥 지나가는
순간이었네

스치는
단 한 순간도
나의 것이 아니고
너의 것도 아니네

연기처럼 서서히 사라져가는
우리 본 모습이라네

우주는
찰나라네

# 3부

달빛 별빛 모아
마음 길 불 밝혀 보지만
세월의 여울물
건너기가 왜 이리 힘들까

어둠이 길게
꿈틀거릴 때마다
흘러간 시간이 아쉬워
가슴속은 외롭다

# 흘러간 시간

해 저물고
달 떠오르니
산과 바다가
하나 되어
산그늘 서서히
바다에 묻힌다

산과 해와 물이
한 몸이 되면
내 마음도
휴식을 찾는다

달빛 별빛 모아
마음 길 불 밝혀 보지만
세월의 여울물
건너기가 왜 이리 힘들까

어둠이 길게
꿈틀거릴 때마다
흘러간 시간이 아쉬워
가슴속은 외롭다

삭히고 삭힌 삶
하늘 끝일까
땅 끝일까

어둠의 시간을
가슴에 담아 걷노라니

뒤돌아본 세월이
아득 아득 하여라

# 잔 들다

소설에선
얽힌 것도 잘도 풀어지고

영화에선
헤어지는 이별 장면도
자연스럽다

차곡차곡
하루하루
인내의 삶이
한 사람의 역사가 된다

좋은 생각은
가슴이 먼저 문을 열고
못된 마음은
고통이 머릿속에 오래 머문다

순간의 만남
순간의 선택
순간의 느낌은
그대로 순간일 뿐

우리 오래 숙성된
잘 익은 농주처럼
진실 된 마음으로
술잔을 들자

# 소망

나뭇잎 물들어
고향 가는 날
그 옛날 가을은 떠나고 없었다
오고가는 세월을
다 품을 수 없으니 슬프다
하늘과 땅이
우리의 영혼을
곧 거두어갈 테지만
그러기에 스쳐 지나가는
한 순간 한 순간도
후회하지 말고 열심히 살자
삶의 끝은 알 수
없기에
지금은 그냥 모두를 다 더
사랑하며 살자
다짐한다

# 밤의 자유인

지나간 시간이
아름다운 이유는
연륜이
열매를 맺었기 때문이다

때론
자신의 경계를 허물어 가며
걸어왔던 발자국의 흔적

비워야 채워지는
존재의 이유를 알았고
허기진 욕심을 인내하며
더불어 사는 삶을 위해
나누며 살아왔다

노을빛 저녁이 되면
채운 술잔은
나를 찾아가는 나의 시간이다

# 넋두리

그리움이 술잔에
고이면
아무도 함께 걷지 않는
외로운 추억 속으로
나는 흐른다

인생길에 만난 인연들
가슴속에 맺힌
아픔이 외로움 되어
비처럼 가끔 나를 적신다

지친 하루가
노을 속으로 사라지니
빈 잔에 고단함을 붓는다

무작정 달려온
삶을
미처 깨닫지 못했다

나에게 허락된
미지의 시간들 앞에 서서
흔들리는 모든 것을
사랑할 수 있을까

이제는 지울 수 없는
삶의 흔적에
술 한 잔 따른다

# 공허

때론 모든 생각이
정지된 채 허공만
바라볼 때가 있다

내게서
벗어나려고
몸부림 쳐본다

부질없는 생각이
내 안에 갇혀
허상을 만들어낸다

뜻 모를 의미는
깊숙한
수렁으로 데려가고

보이지 않는
무엇을 찾아
헤매고 있는
나

# 오늘의 삶

살아감을 고민하지 말자
순간순간이 인생을
이루어간다
웃는 순간도 화난 순간도
다 지나가리라
긴 겨울의 고통을
이겨낸 나무라야
봄바람에 꽃을 피우고
여름의 뜨거운
태양의 입맞춤을 맛보아야
가을 열매를 튼실하게 맺듯이
인생길
한때의 슬픔과 괴로움을
행운을 가져다줄 것이기에
오늘을 항상
지키며 살아가자

# 수수께끼의 삶

발버둥 치면서
살아온 날들이
왠지 허무함에 쓸쓸해진다

세상은 그대로인데
만남에 웃고 헤어짐에 운다

언젠가는 다 놓고
떠나갈 삶인데
슬픈 생각에 잠 못 드는 밤

삶이란
살아갈수록
겹겹이 쌓인 수수께끼

# 그리움

삶에 지치면
봄이 그리워지고

사랑에 목마르면
봄꽃이 그리워진다

이별이 찾아오면
절망의 언덕에
서 있게 되고

그리움이 사무치면
흩날리는 잎새가 된다

사랑과 미움은
밀물이며 썰물

# 마스크의 세상

하늘엔 먹구름이
흐르고
내 마음도
잔뜩 흐려지고 있다

서러웠던 시간들이
강물처럼 흐른다

불쑥 코로나19가
창궐하고
마스크로 세상을
가리고 자신도 가렸다

세상이 비린내로
나를 적시니
온 몸을
소독했다
이젠 정말 맑은 세상이
더없이 그립다

내가 힘드니
세상도 힘들다
지금은 그냥 질퍽한
술 한 잔이
코로나 백신

# 한 잔만 더

한 잔만 더
한 잔만 더
빈 술잔만 짠하다

비어있는
술병은 쌓여가건만
신세가 비슷하니
눈치만 살핀다

간간히 서로의
얼굴만 살피니
빈 잔도 주인도
초라하고 서글프다

나 여기 있으나
있는 게 아니다
한 잔만 더
한 잔만 더
넋두리만 부어놓는다

타들어 가는 담배
희뿌연 연기만
주위를 맴돌고

빈 술잔 앞에
눈물인지 콧물인지
질펀한 물기가 흐르고 있다

한 잔만 더
한 잔만 더

# 비 오는 날의 그리움

비가 오는 날이면
마주보고 걷고 싶은
생각나는 사람이 있습니다

비가 오는 날이면
같이 걸으며 추억하나
만들고 싶은 사람이 있습니다

비가 오는 날이면
누군가는 나를 찾아
빗속을 걸어오는 사람 하나 있습니다

비가 오는 날이면
내 우울한 마음을 달래주려
지금 어디쯤
아련한 그리움 하나 오고 있습니다

그것은 당신입니다

# 행복론

아침 햇살 볼 수 있고
저녁노을 함께하니
하루를 힘들게
살았어도 행복이다

이리 치이고
저리 치인
고된 삶 일지라도
내가 사는 삶이다

내게 욕심이 있다면
좋은 사람들과
웃음과 사랑으로 가득 채운 술잔으로
건배했으면 좋겠다
술잔이 행복으로 가득 찼으면 좋겠다

# 가을엔


가을 햇살
가을 바람
가을 단풍
갈 외로움

다 좋다

벌거벗은 나무
계절의 흔적
다 좋다

술잔에 고독을 담으면
더 좋다

가을엔

# 소망

나뭇잎 물들어
고향 가는 날
그 옛날 가을은 떠나고 없었다
오고가는 세월을
다 품을 수 없으니 슬프다
하늘과 땅이
우리의 영혼을
곧 거두어갈 테지만
그러기에 스쳐 지나가는
한 순간 한 순간도
후회하지 말고 열심히 살자
삶의 끝은 알 수
없기에
지금은 그냥 모두를 다 더 사랑하며 살자
다짐해보는
고향 가는 날

# 어느 여름 날

뜨거운 열기에
바람도 구름도
산허리에 머물며
잠시 쉬어 갑니다

산 그림자 친구 되어
하품도 하고 기지개도 켭니다

풀벌레 소리를
자장가 삼아
뭉게구름 펴놓고
한잠 잡니다

그리운 얼굴들
떠다니면
그 속에 어울려
쉬어 갑니다

어제도 그랬듯이
추억 한자락 펼쳐놓고
마음 두둥실 하늘을 납니다
어느 여름날이었습니다

# 어떤 후회

내 삶을 태우면
무슨 냄새가 날까

삶이 지쳐 가면 어두운
노을의 그림자

하늘에 매달린
꿈이 떨어진 자리엔
내 삶의 쓸쓸한 마침표

밀려오는 침묵의
그림자 길은
홀로 걷기에 더 외롭다

가슴이 아프면 아픈 채로
살아가야 하는 세상

고개를 높이 들고
쳐다보았던 하늘이
새삼 좋았다

# 꿈

너와 나
모두가 꿈꾸던 희망

이룰 수 있는 꿈
이룰 수 없는 꿈

달을 따자
별을 따자
억지 부린 과욕

자신도 모르고
세상 다 아는 양
서툰 날갯짓을 한다

오늘도
내일도
미지의 길에
희망이란 날개를 달아 본다

# 둥근 달

둥근 달도
반쪽이 된다

사랑도 세월이 가면
반쪽이 된다

내가 나를
너무 힘들게 했나 보다

나로 인해 내가
나에게 슬픔을 주었다

내가 쳐다보는 너도 반쪽
네가 보는 나도 반쪽

달아 달아
둥근 달아

# 4부

내 가슴에
별빛 내리면

나는
길 떠나는
외로운 방랑자

# 독백 1

내 가슴에
별빛 내리면

나는
길 떠나는
외로운 방랑자

어느 날
우연이라도 그대를 만난다면
못 전한 내 진심을 전하고 싶다

우연한
만남도 아름다운
사랑이 될 때가 있고

빛 좋은 술도
가슴에서 삭으면
농익은 향기가 난다

무심히 바라본
어두운 밤하늘도
사랑으로 쳐다보면
진실의 빛을 낸다

바람은
나긋이 불 때
구름도 쉬어가고

진솔한 문을 열고
나를 만나면
어루만져 줄 또 다른 내가 있다

광대는 탈을 썼을 때
비로소 인생이란 춤을 춘다

오늘 밤 하늘 아래 홀로 중얼거리는
내 모습 보인다

# 자만감

너와 비교하고
나를 과시하며
내가 우월한척
삶을 즐기면 되는 줄
알았습니다

그러나
오만과 아집이었습니다

너를 생각하며
나를 돌아보고
나를 비우면서
서로 이해하고 사랑해야
한다는 것을 알게
되었습니다

삶과 인생이란
자신을 비우고
내면을 채워가는
수행의 먼 여정입니다

이제야 알 것
같습니다

인생의 시간이 말해줬습니다
나답게 살아야 한다고 말해줬습니다

# 인생무상

자신을 보여 주려고
진실을 외면하면 할수록
가슴은 텅 빈다

부와 직위에 너무
집착하지 말자
그 무게는 오로지 세월이
감당할 뿐

내 삶이 하루 더
늘어난들
영원한 가슴속에
더 초라한
아픔이 다가온다

추적추적 내리는
겨울비가 봄을
재촉하면 외로운 눈물이
가슴을 적신다

지나간 삶의 추억과
다가오는 삶의 무게

삶의 아픔을
잠재우고 내 가슴에
흐르는 기억의 시간은
내 존재를 찾아가는 시간

# 희망의 봄

추위가 아무리
매서워도
봄은 오고야 만다

과거는 덧없고
현실은 이룬 것 없으니
꿈같은 세상은 전설 속에 있다

세상은 어지럽고
거짓과 술수는
항상 우리 곁을 서성인다

저 변함없는
자연을 보라
아침이면 또 다시 떠오르는 태양
때가 되면
이름 모를 생명들도
대지를 뚫고 기지개를 편다

세월이 무상해도
바다는 춤을 추고
시간은 흐를 것이니
누구에게나 인생의 따뜻한 봄은 오리라

# 그대에게

슬퍼하지 마라
언젠가는 너도
즐거울 때가 있을 거다

외로워하지 마라
다른 사람들도
외로울 때가 있다

가슴의 상처도
세월이 약이다

바람은 차고
달은 기울지라도

너는
너의 길을 가라

# 반갑지 않은 손님

서너 평도 안 되는
옥상 정원에 봄이 오면
잠시만 방심하면
솟아나는 잡초들
종류도 다양하여
금세 터를 잡고
주인행세를 한다
캐내고 뽑아내도
끈질기게 살아나는 오기와 집념
나태해지면
사람의 마음에도
잡초가 자라겠지

# 삶

매일 주어진 삶이지만
흔들리는 촛불처럼
비틀거리며 살아가네

내가 살아온 길
태우고 지워도
돌아서면 그 자리

꺼져가는 촛불처럼
쇠진한 듯
삶의 길 무심히 걷고 있네

아직 채우지 못한 욕심은
이제 가슴속에 삭히고

아직 남은 길은
가슴 비우면서 걸어가리

바람처럼
구름처럼
그렇게 살아가리

# 산다는 것

살면서 세월이 쌓이고
연륜이 더 하니
군더더기만 낀다

듣고 보지 못한
어두운 세상에는
그저 언어의 술수만 넘친다

한치 앞도 모르면서
내달린 삶
살아보니 어느 것 하나
진정 내 것은 없는데
허황된 욕망만 춤을 춘다

오늘도 굳건하게 살자
진실의 길을 걷자
가식은 털어버리고
바르게 가자
주먹 쥐며
다짐하는 나

# 그림자

영원한 친구
그림자

달밤에도 동행하는
너는
누구냐

한낮에도 함께하는
나의 분신

나를 뒤돌아보게 하는
인생의 스승

언제나 함께하는
영원한 친구

# 인연

만남과 헤어짐은
필연

만나야
할 사람이 있고
만나지 말아야 할
사람이 있다

가슴에
담아야 할
사람이 있고
스쳐야 할 사람이 있다

함께 해야 할
사람이 있고
헤어져야 할
운명도 있다

인연에 물들고
인연에 바래지는
미로 속의 인생

# 내 안의 사랑

하루를 나에게 선물해준
그대는 나의 행복

햇살 한 줌
구름 한 점
바람 한 점

세상은 아름답고
따뜻한 그림

나는 온통
그대만을 사랑하는
이 세상 한 사람

# 배움

삶은 살아 갈수록 경이롭고
세월은 흐를수록 신비로 쌓여가네
크고 작은 모든 것은
결과로 말을 하니
세상사 모든 일
배움으로
답을 주네

# 삶의 의미

흐르는 시간 속에
앞만 보고 살았네

청춘을 불사르고
열정으로 살았네

실수도 많았네
후회도 있었네

내일도 있다지만
오늘이 최고라네

지나간 시간은 다시 올 수 없고
되돌릴 수도 없는 시계라네

삶이
내게 다시 오네

# 독백 2

가끔은 취할 때
살아온 길을
뒤돌아보며
쓴 웃음 지어본다

걸어온 세월만큼
가슴 아픈 추억도
행복했던 순간도
모두가 다
빛바랜 흑백사진

삶은 저마다
가슴 아픈 추억을
어둠속에 묻으려 한다

가버린 세월이
지금은 아프더라도
이젠 저만치
묻어두고
담담히 세월을 살자
담담하게 세월의 길을 걸어가자

# 비움

그릇은
만들어졌다

진실을 담기 위해
우리 모두
좋은 그릇이 된 적이 있었던가

구차한 변명은
허수한 외침일 뿐

맑고 깨끗한 그릇이 될 순 없을까

과욕을 버리고 기회를 기다리는
준비된 그릇

세상 한가운데
놓여 있다

# 사는 날까지

때론 삶이 고단해도
산 다는 것은 두근거리는 일

사람을 만나고
좋아하는 일을 하고
아름다운 사랑을 하자

아직 가슴이 뛰니
인생 설레게 살아보자

다짐하는
하루

# 사람들아

어디엔들
슬프지 않은 삶
있으리오

세상사 하늘땅은
모두에게 있으니

이보게들
꿈이 가난한 사람들은
하늘도 아파한다네

고단한 영혼
눕힐 곳 찾아
이곳저곳 헤매지만
거기가 여기고
여기가 거긴 것은
어쩔 수 없는
세상사 현실이라네

사람들아
사람들아

# 고함

촛불 태극기
함께든 사람들이
시청 광장에
함께 어울려 춤추는
꿈을 꾸어 봅니다

대한민국의
지식인들은
다 죽었습니다

태양도 별도 달도
사라져버렸습니다

김수한 추기경님
성철 스님
어디에 계신가요

대한민국은 지금
어디로 가고 있나요
소리쳐 불러보는
쓸쓸한 겨울입니다

# 감사

어제는
실수한 삶에
반성의 시간이
있기에 감사하고

오늘은
보람찬 하루
현실의 삶에
감사하고

내일은
꿈과 희망을
가질 수 있기에
감사하고

삶은 언제나 배우면서
새로운 깨우침을 주기에
감사하며 삽니다

삶은
감사함입니다

# 5부

그대는 어디에 있는가
목마른 그리움을
부여잡고
나는 나를 감추고
너 그리고 나
어디에도 없구나

# 홀로 지샌 밤

철없는 바쁨 속에
살았어도
뚜렷이 한 일은
없었네
누구보다 더 열심히
살았는데도
내 놓을 것이 없구나
지나간 날들이여
서럽게
다가올 날들이여
두려운 날들이여
기억나는 얼굴들이 있어서
추억이 있고
그 추억은 아프고
슬픔으로 아롱졌는데

가슴속
그대는 어디에 있는가
목마른 그리움을
부여잡고
나는 나를 감추고
너 그리고 나
어디에도 없구나

# 하늘정원

하늘정원에
겨울 햇살이
스멀스멀 물들면
제 몸 다 털어낸
대추나무와
나무가 발가벗고
겨울 속으로
뛰어든다
벌들도 나비도
거미도 개미들도
제 갈길 다 가고
긴 하품을 몰고 온
달빛과 주인장만
길고 긴 밤 허무와
고독을 나누고 있다
서늘한 바람에 실려서
정이 물든
낙엽도
제 몸 덮으려
내려앉았다

제 삶의 색깔에
취해 살던
하늘정원 식구들도
나의 삶 주제가 되어
별빛 따라
겨울 속으로 잠든다
세월의 때가
눌러앉은
하늘정원 주인장도
골진 주름만큼
겨울을 품고
숨을 고르고 있다

# 내가 머문 하루

길목마다 앉아 있는
어둠이
세월을 데리고
오고 있다
어둠이 한 번씩
꿈틀거리면
바람도 세월의
길을 낸다
깜박이는 별빛
부여잡고 머나먼 길
어둠에 젖어
세월의 강을
건너가리라
누구나 한 번은
그 하루를 가슴에
가득 채운 세월이
있었겠지
아득한
인생길 그 별빛
까맣게 타고 있다

창가에 모여 있는
서러움을 몰아내면
달빛도 흘러가고
이 땅 끝 저 들판
하루를 건너가고
또 다른 하루는 거기서
머물고 있구나

# 돌아오지 않는 사랑

항상 미소 머금은
그대 얼굴
한없는 그리움을
몰고 옵니다
눈 맑은 사슴을
닮아 순수함이
깃들어 있었지요
남들처럼 진한
화장을 안 해도
엷은 화장 속에
소박함이 숨어
있었지요
남들처럼 화사한
치장을 하지 않아도 순수함이
빛나고 있었다오
남들처럼 애교는
없었지만
미소 머금은
얼굴은
순수했었다오

서로 다정한
이야기는 못했지만
수줍게 속삭이는 말은
소박하였지요
님을 떠나보낸 후
이별이라는
숲을
헤매었답니다
겨울 밤하늘에
그대 향한 그리움
별들만 헤아리다
갑니다

# 어느 겨울날의 기억

만남을 인연이라
여기고 살아왔듯
슬프지만 슬프지
않은 것처럼
낙엽이 흩날리고
매서운 눈발이
날리는 날에도
마치 운명인 듯
살아온 나날들
내 슬픈 시선이
드러나는 겨울은
내 못난 사랑을
탓하고 있습니다
스침의 기억
하나가 아직도
그대를 잊지 못하고
긴 슬픔의 시간
지울 수 없는
그리움이 되어서

겨울 하늘을
떠돌고 있네요
가장 슬픈 내가
눈물뿐인 겨울을
보낼지라도
지상에서 가장
행복한
사람입니다
떠나가는 사람의
뒷모습
그 뒷모습까지
사랑할 수밖에
없는 날이기에

# 혼돈의 봄

봄이 왔건만
인간들이 토해내는
독설에 봄기운이
사라져간다
꽃은 피었는데
봄꽃이 아니라고
우겨대니 슬프다
봄바람에 흔들리는
나뭇잎을 보니 인위적으로
흔들어 댄 혼돈이다
집단의 오만함으로
변해가는 혼돈의 세상
내가 누구인지, 누가 누구인지
물은 거꾸로 흐르고
물고기는 산을 오르고
나무는 선채로 메말라 죽는다
그렇게 모두가 죽어가는 줄도 모른다

하늘에도 땅에도
오염된 구름만 둥둥 떠다닌다
그래도 또 봄은 오겠지만
진정 화사한 그 봄은 언제 오려나

# 인생 뭐 있나

서로가
무슨 원수처럼
삿대질인가

돈 몇 푼에 얼굴
붉히고
알량한 자존심에
핏대 세운다

딴죽 걸고
깐죽대고
저 잘났다고
으스댄다

너도 나도 깔보지만
다 거기서 거기

서로가 양보하고
이해하는 마음의
동행길이 인생길

우리 서로
허기진 욕심에
춤추는 영혼으로
아름답게 살자

인생 뭐 있나

# 촛불 같은 인생

좋은 친구는
하루가 너무 짧고

좋은 사랑은
평생이 짧다네

진실은 오래가고
가식은 표가 난다네

해와 달은 무보수로
낮과 밤을 밝히는데

나는 무엇을 밝히려
세상에 태어났나

어둠이 오기 전에
빛을 발해야지

삶도 죽음도
가야 할 길이지만

사는 날까지
진솔한 촛불 한 자루
밝혀야겠네

# 인생

돌아갈 수 없이
멀리 가버린 세월

화려했던 꿈
정다웠던 사람들
생각하면 인생이
허무해지네

얼마를 더 머무를지
모르는 구름 같은 인생

지고 갈 삶의 무게는
아직도 버거운데

언젠가는 혼자서
모두 다 두고 가야 할 길
생각하면 무겁고 쓸쓸한
또 한 삶

# 가을에 묻는다

낙엽은 왜 물들고
사람의 마음까지
물들게 하는지

오늘은 문득 더
푸른 하늘

가을바람은 왜 또
가슴까지 절절하게 하는지

가을은 추억인가
묻어버린 아픔을
어루만지는 계절인가

낙엽 흩날리고
그리움 물들면

내 마음도
사색의 길로 떠나네

# 가을 소망

가을,
푸르고 높다
노랗고 붉다
나는
무슨 빛깔로
곱게 물들어 갈까
이 가을에

# 코로나

보여주지도 않고
냄새도 없다
별에서 왔는지
달에서 왔는지

하루가 이틀이고
한 달이 두 달 되고
일 년이 가고 이 년이 된다

자고 나면 온통
코로나 세상
신출귀몰 이곳저곳
세상을 떠돈다

날이 가도 달이 가도
코로나 전쟁
폭풍도 소낙비도
현재까진 소용없는 백신

# 갈림길

나와 인연이 된 많은 사람들
스치고 지난 세월

엇갈린 운명의 기로에서
몸 안에 가득한 슬픔과 함께
떠나보내야 할 때가 되었습니다

바른길 가려
살아온 지난날들
때론 흔들렸고
꿈을 꾼 것처럼
펼쳐졌던 삶이었습니다

인연이란
떠날 사람은 떠나고
머물 사람은 머무는 법
누구도 탓하지 않고
순리에 따르기로 하였습니다

# 슬픈 노래

황혼이 잿빛이면
아름답지 않다
몸보다 마음이 늙은 것은
슬픈 일,
날개는 낡았고
마음이 노쇠해간다
보라
여름이 채 오기 전에
봄꽃은 홀연히 사라졌다
갈 길이 먼 나그네 앞에
구름은 어둡고 바람은 드세다
슬픈 노래 멀리서 들린다

# 우물 안 세상

잇자 잇자
물에 잠긴
그 섬을 잊자

떠도는 혼들이
아우성치는 현실

다들
섬에 갇힌
초라한 존재들이었구나

잇자
그 섬을 잊자

# 참사랑

나무를
심은 것도
사랑이지만
모난 가지를
자르는 일도
사랑입니다
나무를 솎아 내는 것은
알찬 열매를 맺기 위한 것
자신을 사랑하고
이웃을 사랑하는 일

# 어떤 후회

내 삶을 태우면
무슨 냄새가 날까

삶이 지쳐 가면 어두운
노을의 그림자

하늘에 매달린
꿈이 떨어진 자리엔
내 삶의 쓸쓸한 마침표

밀려오는 침묵의
그림자 길은
홀로 걷기에 더 외롭다

가슴이 아프면 아픈 채로
살아가야 하는 세상

고개를 높이 들고
쳐다보았던 하늘이
새삼 좋았다

# 보름달


오늘 보름달은
말이 없다
할 말은 많은데
어떻게 전해야 할지
모르기 때문이네

오늘도 저 달은
침묵으로 둥글게 떠 있네

내일이면 서서히
그 말을 잊어
보름달이 아니 되겠네

# 섬

바다에 서 있는
섬에게 외롭냐고 묻지 마라

사나운 바람과
험난한 파도에
낡고 헤진 추억을 안고
세월을 견디며 살아왔다

해무에 감추어진
섬에게 누구를
기다리느냐고 묻지 마라

세상에 태어나
세찬 바람을 피하지 않고
파도를 품고 새들과
친구하며 외로워도 참아냈다

섬은 혼자이기에
외로운 게 아닌
누군가를 사랑하기에 외롭다

# 사람이 좋다, 시가 좋다, 술이 좋다

이완근
(시인, 뷰티라이프 발행인 겸 편집국장)

# 사람이 좋다, 시가 좋다, 술이 좋다

이완근

(시인, 뷰티라이프 발행인 겸 편집국장)

신사동에 가면 5층짜리 아담한 건물이 하나 있고, 그 건물 옥상에는 세상에 하나뿐인 무료 주점(?)이 있다. 그 주점에 필자는 비가 오거나 눈이 오거나, 좋은 일이 생기거나 기분 안 좋은 일이 생기면 갔고, 그곳에서 막걸리나 소맥을 마신다. 어떤 날엔 선물 받은 특별한 술을 마시기도 한다. 그 주점의 주인장은 우리나라 분장 미용계에서 사람 좋기로 소문난 한국분장 강대영 대표다. '하늘주점'이라는 상호는 어느 날 술을 마시다가 필자가 창안하여 SNS에 올렸더니 상호로 굳어졌다.

사람과 술을 좋아하는 강대영 시인의 사옥이기도 한 그 건물 옥상의 하늘주점엔 많은 사람들이 다녀가곤 한다. 필자도 그곳을 자주 찾는 인사 중 한 명임은 분명하다. 그곳의 풍광은 멀리 남산부터 가깝게는 강남을지병원까지 시각을 달리하며 멋을 덧칠해 보여줘 방문객을 황홀경에

빠지게 한다. 옥상에는 배수 시설을 완벽하게 해 파란 잔디가 운치를 더해주고 있으며, 그 주변으로는 장미를 비롯, 온갖 꽃들이 철을 바꿔 방문객을 맞이한다. 때를 맞춰 자라는 고추와 상추, 쑥갓은 술의 맛을 부추기는 안주 감으로 빛을 발한다.

하늘주점은 문화계의 사랑방이라 부를만하다. 그래서 그곳에서는 이해득실을 따지지 않는다. 술을 좋아하고 사람만 좋으면 무사통과다. 이만하면 주인장이 어떤 사람인지 알 수 있지 않겠는가.

### '사람이 좋다, 시가 좋다, 술이 좋다'

하늘주점의 주인 강대영 시인은 책읽기를 좋아한다. 하늘주점 책상에는 항상 즐겨 읽는 책들이 놓여 있다. 필자는 하늘주점에 갈 때마다 어떤 책이 놓여 있는지 곁눈질로 살핀다. 직접 대고 물어보지는 않지만 읽고 있는 책은 그 사람의 인성을 살피는 데 큰 도움이 된다.

발명을 좋아하고 독서를 즐기며 시 쓰기를 게을리 하지 않는 강대영 시인은 그래서 필자와 통하는 데가 많다.

신사동에 사무실을 마련하고 옥상에 잔디를 심고, 강대영 시인은 비가 오는 날이면 어김없이 필자에게 전화했다. "비 오는데 한잔해야 하지 않겠수." 전화 끊자마자 달려가지 않을 수 없다. 그렇게 우리는 철이 바뀌면, 좋은 일이 생기면, 핑계 삼아 하늘주점에서 만났다. 여름이면 옥상 잔디밭에 모기장을 쳐놓고 여름밤의 낭만을 즐기며

대화했고, 봄이면 꽃들을 감상하며 마셨다. 가을이면 가을대로, 환절기면 환절기대로 즐겼다.

## 한국분장예술인협회 초대회장

필자가 강대영 시인을 처음 만나 건 미용계, 특히 메이크업계가 협회를 처음 만들기 위해 분장 인들의 힘을 결집하기 시작하던 1990년대 후반기쯤으로 기억한다. 당시 분장 인들이 협회를 만들기 위해 자주 모였었고, 그 결과 한국분장예술인협회 초대회장으로 강대영 시인이 선출되었다. 강대영 시인이 협회를 만들 때 산파 역할을 했으니 당연한 결과였다. 그 후로 협회가 내분으로 몇 개의 단체로 분화했고, 그때마다 강대영 시인은 막후에서 조정자 역할을 했다. 그 세월을 필자는 옆에서 지켜봤고 우리는 술자리를 자주 가질 수 있었다.

강대영 시인은 미용계가 화합하기를 늘 바랐다. 협회장들이 사심 없이 협회 운영하기를 늘 말해 왔다. 필자는 옆에서 맞장구만 칠 따름이었다. 그러곤 '사람이 좋다, 술이 좋다.' 서로 외치며 잔을 비웠다.


강대영 시인은 지난 2012년 호서대학교에서 '수염 유형에 따른 남성 인상 형성에 관한 연구'란 논문으로 박사 학위를 받았다. 형설지공의 결과였고 수염은 그의 전매특허처럼 됐다.

KBS 20년 경력에 더하여 분장 외길을 살아온 그는 지금도 방송, 영화, 연극, 오페라, 뮤지컬 등등에서 타의 추종을 불허한다.

강대영 시인의 역작은 여기에서 거론할 수 없을 정도로 많다. 덕분에 필자는 많은 연극과 뮤지컬, 오페라, 창극 등을 감상할 수 있었다. 근래에는 코로나19의 영향으로 관람할 기회가 없었지만 필자의 잡기장을 뒤져보니 국립극장의 각종 마당놀이를 비롯, 세종문화회관, 예술의 전당, 롯데호텔 공연장, 명동예술극장, 충무아트센터 등 많은 공연과 장소를 함께했음을 볼 수 있었다.

## 새벽 5시 기상

강대영 시인은 부지런하다. 새벽 5시가 되면 어김없이 기상해 조간신문 네댓 개를 읽는다. 그 중 삶에 도움이 될 만한 문장에 자기의 감상을 덧붙여 주위 사람들과 공유한다. '불행과 고통이 우리를 괴롭히는 것 같지만 한편으로는 도전과 삶의 지혜를 가르쳐준다. 마음이 힘들다는 건 내가 더 성장하고 발전했다는 증거다. 내 멋에 겨워 행복한 날을 살아보자!'

며칠 전 아침에, 필자가 받은 메시지다. 매일같이 이런 일을 계속 한다는 것, 강대영 시인의 성실함과 근면함을 엿볼 수 있는 대목이다.

우리는 거나해지면 노래방도 종종 간다. 강대영 시인의 노래 실력은 수준급이다. 작은 체구에서 울려 나오는 소리의 울림이 크고 깊다. 노래방에서도 그는 겸손하며 남을 배려한다. 겸손과 배려가 몸에 밴듯하다.

한번은 협회 일로 밤늦게까지 술을 마신 적이 있었다. 술자리를 파한 게 새벽이었는데 신문을 읽고 쓴 메시지가 아침에 또 도착했다. 경이로운 일이 아닐 수 없다. 작은 체구에서 나오는 열정은 근면함을 넘어 자기 일에 대한 애정과 애착이 없으면 안 될 일. 분명 그는 작은 거인에 다름 아니다.

**고향과 어머니 그리고 술과 이웃에 대한 사랑**

시인으로서 그의 작품은 고향과 어머니, 분장사의 삶, 자연과 더불어 사는 인생 이야기를 진솔하게 보여주고 있다. 그 중 고향과 어머니 이야기는 우리 가슴을 울리기에 충분하다.

나 철없이 뛰어놀던 고향에 살고 싶네
앞산 뒷산을 오르락 거리며
첨벙대며 내달렸던 모래밭을
지금은 어느 누가 나의 그 시절을
되살리고 있을까

지금도 고향땅 하늘에는
해와 달과 별들이 뜨고 지겠지
고향에 가고 싶다
콘크리트 삶 속에 내 동심이 묻혔구나

해마다 봄꽃 피어나면 희망이었고
아쉬움과 기다림의 시간이었지
나 철없이 뛰놀던 고향
오늘도 마음 타고 달려가네

ㅡ「그리운 고향」 전문

비틀거나 허세를 부리지 않고 담담한 어조로 어릴 적 자라온 고향에 대한 그리움을 절절이 노래하고 있다. 그의 시에 자주 등장하는 어머니는 고향과 더불어 강대영 시의 모태를 이룬다 해도 과언이 아니다.

분장은
미래를
상상하고
재현하고
끊임없이 탐구하는
시공간을 초월한
창조의 철학

내가 걷는
분장의 세계도
한계가 없는
마법의 세계

과거와 현재
미래를 넘나드는
여행을 한다

한사람의 삶과 생을
반추하고
웃음과 눈물이 깃든
해학의 요람

인내의 땅 위에
자기계발의 빛을 보는
분장은 영원히 존재하는 것

　－「분장의 여정」 전문

　잘 알다시피 강대영 시인은 40여 년 간 분장 외길을 살
아왔다. 분장은 그에게 있어 삶이자 발자취이자 그의 전
부에 다름 아니다. 그의 시에서 분장의 길은 "천직"으로서
"삶의 길"을 개척해나가는 "자화상"과 "얼굴"을 그리고 있
다고 해도 과언이 아니다.

지나간 시간이
아름다운 이유는
연륜이
열매를 맺었기 때문이다

때론
자신의 경계를 허물어 가며
걸어왔던 발자국의 흔적

비워야 채워지는
존재의 이유를 알았고
허기진 욕심을 인내하며
더불어 사는 삶을 위해
나누며 살아왔다

노을 빛 저녁이 되면
채운 술잔은
나를 찾아가는 나의 시간이다

–「밤의 자유인」 전문

강대영 시인을 논할 때 술을 빼놓을 수가 없다. 술은 그
에게 있어 오류투성이의 삶을 이기게 해주는 유일한 통로
이기 때문이다. 술을 마시며 위안을 삼고 그럼으로써 진

실 된 자아를 찾는 것이다. 그러니 '술이 좋다. 사람이 좋
다'라고 외치지 않을 수 없는 것이다.

봄이 왔건만
인간들이 토해내는
독설에 봄기운이
사라져간다
꽃은 피었는데
봄꽃이 아니라고
우겨대니 슬프다
봄바람에 흔들리는
나뭇잎을 보니 인위적으로
흔들어 댄 혼돈이다
집단의 오만함으로
변해가는 혼돈의 세상
내가 누구인지, 누가 누구인지
물은 거꾸로 흐르고
물고기는 산을 오르고
나무는 선 채로 메말라 죽는다
그렇게 모두가 죽어가는 줄도 모른다
하늘에도 땅에도
오염된 구름만 둥둥 떠다닌다
그래도 또 봄은 오겠지만
진정 화사한 그 봄은 언제 오려나

-「혼돈의 봄」 전문

　아이와 같은 심성으로 고향과 어머니를 노래하며, 분장
사로서 한 평생을 보내고 있지만 시인은 현실을 외면할
수가 없다. 술이 유일한 도피처가 되기도 하지만 사회의
충실한 일원으로서 이웃에 대한 염려와 걱정은 성공한 삶
을 영위하는 사람으로서는 당연한 일. '혼돈의 봄'에서 '화
사한 봄'이 되기를 염원하는 시인의 바람이 우리 사회에
빨리 도래하기를 바라며, 그의 시도 독자들의 마음속에
단단히 똬리 틀기를 빌어본다.

# 주연보다 빛나는 조연

강대영 지음

발 행 처 · 도서출판 청어
발 행 인 · 이영철
영　　업 · 이동호
홍　　보 · 천성래
기　　획 · 남기환
편　　집 · 방세화
디 자 인 · 이수빈 | 김영은
제작이사 · 공병한
인　　쇄 · 두리터

등　　록 · 1999년 5월 3일
(제321-3210000251001999000063호)

1판 1쇄 발행 · 2022년 2월 25일

주소 · 서울특별시 서초구 남부순환로 364길 8-15 동일빌딩 2층
대표전화 · 02-586-0477
팩시밀리 · 0303-0942-0478

홈페이지 · www.chungeobook.com
E-mail · ppi20@hanmail.net
ISBN · 979-11-6855-014-8(03810)